KAZOKU

工藤 由紀子
KUDO Yukiko

文芸社

プロローグ

家族には、二通りある。

自分で選べない家族と、自分で選ぶ家族。

そのどちらとも幸せな関係を築くことができているなら、それはとても幸せなことなのだろう。そう思う。

私は、自分での家族選びに一度失敗している。つまり、離婚。

ひとりで生きていくことを選んだ後、ずうっと、本当に一人でやっていけるのかという不安と闘ってきた気がする。自由であることと引き換えに、寂しさや責任、というようなものを背負い、自分を試して、ひとつひとつ乗り越えてきた。

それなりに努力もしたし、時には怖い思いもしながら、自分の暮らしをたててきた。

自分ひとりでやってきたような気がしていたけど、そこにはずっと、それを少し遠くから見てくれていた、自分で選べない家族がいたのだと、今は思うことができる。

1

離婚してから、もう二十年以上になる。

自由で気ままな一人暮らしをしている私に、ある日、母から電話が掛かってきた。

「あ、結子？　お母さん。昨日、お父さんが部屋でコケて、足が痛いって。また、休みの日に、お父さんの顔見に来てくれへん？」

ちょうど次の日が土曜日。明日来てくれることを期待しているのに、また休みの日に、なんて。母はいつもそういう言い方をする。

それでもやっぱり、明日帰らなあかんな、顔見に行かなあかんな、と思ってしまうのだ。

翌日。車で三十分ほどの実家に帰ってみると、父は思ったより元気だった。

「ベランダでタバコ吸っててん、その戻りしな、足を引っかけたんや」

「左足がうまいこと動かへんね。ほら、こんな具合」

確かに、左足はつま先が上がらず、すり足のような歩き方しかできていない。

「足のほかに、どっか打ったとこは？　お医者に行って、レントゲンとってもらったら？」

「そんなん、ええわ。みいこは大げさに言いよるからな。もう、たいしたことあれへん」

父は母のことを、みいこ、と呼ぶ。

母の名前は美代子。美代ちゃん、と呼ばれることが多いけど、父だけは、みいこ。猫みたいだけど、もうずっと父は母のことをそう呼んでいるので、私には違和感はない。

「けどな、あとな、左手が痺れてる感じなんや」

え？

左足と、左手？？？

「それって、こけたから足が動かへんのやなくて、足が動かへんからこけたんちゃうの？　手も痺れてるのは、脳梗塞なんちゃうの？」

父は数年前に前立腺がんの手術をしていて、その経過観察のために明後日受診予定だという。その大学病院の救急外来に電話して事情を話したら、たまたま今日の当直に脳外科の先生がいるので対応できる、すぐに来なさいということだった。

ちょっと悩んだけど、救急車を呼んだ。

救急隊員の人たちは父の様子を見て、布でできたハンモックのような丸い担架で父を運んでくれた。手際よく、大きな父の体も軽々と運ばれる。

「あんたら、ええ身体しとるなぁ、重いやろ、すまんなぁ」

父は物珍しそうに、どこか嬉しそうに、救急隊員に話しかけている。

検査してもらったらやはり脳梗塞が見つかって、即入院となった。

「脳梗塞やなんて思ってもおらんかった。病院も、よう受け入れてくれはったなあ」

母は案外、淡々としている。

でも、結子がいてくれてよかった、ありがとう、とは言わない。そう思っているには、違いないんだけど。

母も歳をとった。今の状況を受け止めるのに精いっぱいなのだろう。


すぐに点滴での治療が始まった。しかし、父の状態はよくならなかった。

父は普段から血圧も低くて、血液検査でも異常なかったのに、なんで脳梗塞なんかに？　不思議だった。

医師に聞いてみると、

「でも、お父さん、タバコ吸ってはったでしょ」

タバコって、こんなふうに影響するものなのか。

父の梗塞は「ラクナ」というタイプで、細い血管があちこち詰まっているらしい。

これまでも小さい梗塞がいくつも起こっていたという。今回起きた梗塞は左足や左手の運動に関係する場所だったから、麻痺が来たのだと。これからも徐々に小さい梗塞は起きるだろうし、手術で治せるようなものではないという説明だった。

確かに。この夏は、お父さん、体調悪かったなぁ。猛暑だからとか、もう歳だから、とか言いながら、すぐにしんどくなって横になったり、歩くのがやたらゆっくりだったり。もしかしたら、そんなことも梗塞の症状だったのかもしれないと思った。

入院して以降も、徐々に脳梗塞は進んでいたのかもしれない。

行うべき治療はあれこれ手を尽くしてもらったが、父の足や手はだんだんと動かなくなっていった。父は最初のうちはリハビリも頑張っていたけど、思うように体が動かないのはかなりのストレスだったと思う。イライラして自暴自棄な言葉を口にすることも増えていった。

お父さん、可哀想に。

これまで、好きなことをして、好きなように生きてきたのに。病気になっちゃった。
もう、治ることのない、病気。
父の顔を見に行った帰り、病室を出ると、私はいつもひとりで泣いていた。

2

急性期を過ぎて、父は、救急車で運ばれた大学病院から、その近くのリハビリ専門病院に移ることになった。

母が知り合いの何人かから評判がいいらしいと聞いてきたその病院は、新しくきれいで、リハビリの時間もこれまで以上にしっかり確保できるという。

父は、そのころにはもう、ベッドから車椅子に移るときには二人がかりでの介助が必要なほど、動けなくなっていた。そして、新しい病院に転院したころから、身体中、痛い痛いと言うようになった。

なんで痛いのだろう?

調べてみても、よくわからない。脳梗塞って、身体が動かなくなるだけではなくって、そんなに痛いものなの？

どんなふうに痛いの、と聞くと、脚がつったみたいに痛い、身体中、ずうっと痛い、夜も眠れないという。

父は、食欲もなくなり、どんどん痩せていって、いつのまにか目も窪み、殺気立ったような異様な顔つきになっていった。看護師さんに訴えても、担当のケアマネジャーに訴えても、ドクターには伝えているんですけど、と困った顔をされるだけだった。


このままではダメだ。

お願いして、直接、担当の医師に話をする機会を作ってもらった。

当日、母と一緒に、カンファレンスルームのような部屋に入ると、周りには父を担当している看護師や理学療法士、ケアマネジャーなどの担当者がずらりと取り囲んでいて、物々しい雰囲気である。そんな中で、医師は大きな立派な革張りの椅子に座っていた。

医師はまず父の病状を説明した。

「……ということで、特に変わりないですね」

いや、変わりないっていうことはないんですけど……そう思って、少し緊張しながら、聞いてみた。

「麻痺がだんだんひどくなってきているようですけど、梗塞の範囲が広がるとか、ひどくなっていることはないですか？　以前の検査からもう数か月経っていますし、また、ＭＲＩ検査をしていただくことはできますか？」

面倒くさそうな、イライラした表情で、医師は、

「特に変わりはないと言っているでしょう？　どうしても検査したいの？　ＭＲＩは、それなりの費用も手間もかかるけど、そのことをわかって、それでもあなたは、検査してみたいっていうことなの？」

「あの……もうずっと、ひどい痛みもあって……」

まだ何か言いたいのかと、見下したような視線が突き刺さる。

「まあ、お年寄りだからねえ、本当に痛いのかどうか。そのうち慣れるでしょう」

お父さんは確かに歳をとっているけど、こんなに痛いって言ってるのを、本当かどうか、って？　そのうち慣れるでしょう、って？　この先生、何を言ってるんだろう。

私は、深呼吸して、先生の目をしっかり見て、できるだけ静かな声で言った。

「先生、父のことを、本当にみていただいていますか？」

医師は顔色が変わり、声を荒げた。

「あんた、何様のつもりか」

周りにいた担当看護師やケアマネジャーは何も言わない。

その後のやり取りは覚えていない。

部屋を出た後、ケアマネジャーに、転院しますと告げた。母は、何も言わなかった。

翌日。

ケアマネジャーは泣きそうな顔で、わかりました、とだけ、言った。

ケアマネジャーから、仕事中に電話が入った。父の容態が急変したかとびっくりしたが、違った。

「お父様、今すぐ病院を出る、ご自宅にお帰りになるって言われて。申し訳ないですけど、もう私では説得できません。とにかく今日は一晩、おうちで過ごさせてあげてください。今から全力で、おうちでお世話して差し上げられるのに必要な手配をします」

え。どういうこと？

「お母様はご準備のために、ご自宅に戻られました。私は今から二時間で、車椅子が乗れるタクシーと、レンタルの電動ベッドと、二十四時間付き添うスタッフを手配します。本当に申し訳ありません」

仕事を途中で片づけ、あわただしく実家に向かうと、父はもう実家にいた。げっそりとやつれた顔で、リビングの真ん中に運び込まれた電動ベッドに横たわって。

それまで、どういうことなのか、何が起こったのかわからず、ドキドキして、とても焦っていたけど、父の顔を見ると、なぜか、笑いが込み上げてきた。

理由は聞かなかった。

口をついて出た言葉が、

「お父さん、晩ごはん、どうする？　何がいい？……お鮨でもとる？」

リビングのテーブルのいつもの場所で、御自慢の大きなテレビを見ながら、特上の鮨をほおばる父。

「お父さん、これがしたかったんやんな」

そう言って笑うと、

「そうや。これが、したかったんや」

やつれた顔で、父も、笑った。

その夜は私が実家に泊まって、ケアマネジャーが手配してくれた介護スタッフと一緒に父の世話をした。なにせ父は大きくて重い。身体を起こすのも二人がかりだ。翌日には、東京から兄ちゃんも来てくれた。兄ちゃんは父よりももっと大きくて、一人で父をトイレに座らせることができて、父も喜んだ。

でも、こんなこと、いつまでもできないよ。
兄ちゃんだって、すぐに東京に帰らなくちゃ。
私も、仕事に行かなくちゃ。
それは、お父さんが一番、わかっていることだ。

「これから、どうする？　お父さん、あの病院には、もう帰りたくないやろ？」

どうしたらいいのだろう。と、考えたときに、ふと思い出した。
少し前に今の（飛び出してきた）病院で、その病院の理学療法士のための研修があって、その患者として父が選ばれた。その時、講師の先生のリハビリがすごくよかったらしい。たまたま見舞いに来ていた父の弟も、その様子を見ていて、「兄貴、ほんまにあの時は歩きよった。びっくりした」と言っていた。

母から先生の名前を聞き出して検索してみると、その先生は脳梗塞のリハビリでは第一人者ともいえるような方で、普段は宇治の病院に勤務しておられるようだった。

「お父さん、あの渡瀬先生のいる、宇治の病院に行ってみる？」

「あの先生、宇治におるんか」

藁をも掴む思いで、宇治の病院に行った。

何のつてもないので、総合受付で事情を話すと、少し待った後、長い廊下を何度も曲がって会議室のような部屋に案内された。かなり古い病院であることがわかる。でも、清潔に掃除されていて、嫌な感じはしない。

肝っ玉母さんのような看護師長さんが来られて、名刺を頂いた。

一生懸命、話した。これまでの経過。麻痺がだんだんひどくなっていること。今は、とにかく、痛みがひどいこと。医師とのやり取り。父の性格。今、病院を飛び出してしまっていること。

一通りのことを聞いた後、看護師長さんは、力強く言ってくれた。

「わかりました。お父様のこと、お引き受けしましょう。どうぞこちらに転院なさってください。今日、明日にも、ベッドを用意します。

ただし、渡瀬が、毎日お父様のリハビリをするということではありません。渡瀬も含めて、こちらのリハビリのスタッフが、チームで対応します。そのことは、御了解くださいね」

この交渉は、私にとって前にも後にも一世一代の、ネゴシエーションだったと思っている。父はそのあと、いったん元の病院に戻ってどうにか一泊だけして、宇治の病院に転院した。

宇治の病院では、先生も、看護師さんたちも、父の言うことをちゃんと聞いてくれた。そして、父の気持ちを大切にしてくれた。渡瀬先生も、研修の際のモデルだった父のことをよく覚えてくれていて、また会えたことを喜んでくださった。

看護師長さんが言っていたように、父の毎日のリハビリがいつも渡瀬先生ということではなかったが、どの先生も渡瀬先生と同じような技術を身に付けていて、リハビリも順調に進んだ。

そして何よりも不思議なことに、あれほど痛がっていた体の痛みはいつのまにかなくなって、父は少しずつ元気を取り戻していった。

リハビリの目標は、退院して、自宅で生活できるようになること。ベッドから車椅子に移るには、どんなふうに車椅子を置いて、どこに手をついて支えればいいか。車椅子からトイレに腰掛けるには、どうしたらいいか。

立ち上がって、自分でバランスを取る訓練も始まり、手すりを使って少しずつ歩けるようにもなっていった。

お正月には一時帰宅することを楽しみに、父も熱心にリハビリに取り組んでいた。

帰るべきマンションには、玄関にも廊下にもしっかりした手すりをつけて、父が帰る準備を整えた。

ところがある日。父は夜中に一人でトイレに立とうとしてベッドから落ちた。ものすごい音がしたという。当直の看護師が駆け付けたら床に父が落ちていたらしい。本人は、寝ぼけていたのか、夢を見ていたのか、これからキックボクシングを見に行くんや、と言ったそうだ（なぜキックボクシングなのか。父はキックボクシングが好きだったわけでもなく、今でもそれは謎だ）。

父は、以前の病院では檻のような大きな柵をベッドに付けられていた。そのことをとても嫌がって、この病院では、トイレなどへ行くときには必ずナースコールをして介助してもらう約束で、大きな柵をなくしてもらっていた。なのに、こんなことになるなんて。

検査の結果、父は、胸椎と肋骨を骨折していた。胸椎というのは、脊椎の中央の部分を構成する骨。父は背中から胸全体を保護して固定するような、物々しい大きなギプスをつけ、安静が必要になった。

せっかくリハビリも進んでいたのに。お正月は家で過ごせるかなって楽しみにしていたのに。

お父さん、誰も悪くないよ。檻の中に入れられるような柵は、嫌だったんだもんね。

お父さん、お父さんが、一番辛いよね。痛いよね。悔しいよね。

お父さん、お正月は、病院で、一緒に過ごそう。

数年前から、おせち料理は私が作っていた。

毎年年末になると、母から電話が掛かってくる。

「お正月、兄ちゃんたちが帰ってくるねんけど、どうしよう、おせち」

あんたが作ってくれたら助かる、そう思ってるなら作ってほしいって言えばいいのに、母はそう言わない。

「あんたはいつ帰って来てくれるの、兄ちゃんら迎えるのに掃除もせなあかん」

私はいつも、兄ちゃんたちを迎えるための手伝い。兄ちゃんはお客さん。

そう言って拗ねると、とりなしてくれるのはいつも父だった。

そして、作ったおせちを、一番喜んでくれるのも、父だった。


今年も、作ろう。

お雑煮も要るよね。お雑煮を病室で美味しく食べるには、どうしたらいいだろう。


元日の朝、私は、病室に小さな重箱に詰めたおせちと電気鍋を持ち込んだ。重箱の蓋を開けると父の顔が輝いた。

やわらかく炊いた黒豆。紅白のかまぼこ。黄色い伊達巻き。栗きんとん。お煮しめもたっぷりと。父が好きなのは、椎茸と鯛の子。小さく切って食べやすく。

持ち込んだ電気鍋で、お雑煮を作る。父が好きな、鴨のお雑煮だ。あらかじめ、鴨のお出汁はこっくりと美味しく整えておいて、病室ではそれを温めて、小さく切ったお餅と、青みに、ネギを入れて。

熱々のお雑煮を一口食べると、父は、本当に嬉しそうな顔をして、グー、と、親指と人差し指でわっかを作って見せた。

父が、嬉しそうに言った。

「病院にも、正月が来た」

そのあと、兄ちゃん家族や、父の弟も病院を訪ねてくれて、車椅子の父はみんなに連れられて、病院の近くの河原を散歩した。病室の窓からその様子を母と眺め、手を振った。

「お父さん、嬉しそうやな」

その時の散歩の様子の写真は、今でも手元にある。

孫に車椅子を押してもらって、右手を挙げてこちらに笑顔を向けている父。

よかったねえ、お父さん。

お正月、できたね、お父さん。

3

お正月が過ぎ、季節は春になろうとしていた。

骨折して以降、父はリハビリの気力を失い、自宅に帰って暮らすことはもう難しくなってしまった。

母や、兄ちゃんとも相談しながら、実家から近い介護施設をいくつか探した。


私には兄ちゃんがいる。二つ上の兄ちゃん。

兄ちゃんは、もうずうっと、東京で暮らしている。

関西にもたくさん大学はあるのに、早稲田に行きたいといって、早稲田しか受けなかった。後で聞いたら、早稲田に行きたいのはもちろん本当だったけど、家を出たいというのが本音だったらしい。

早稲田を出て、就職も東京。ドラマや映画を作るような、そんな仕事をしていて、お嫁さんも東京の人。子供が二人いる。もう、大阪に帰ってくることはないと、みんな思っている。

そんなことなので、もうずっと、実家のあれこれは全部、大阪にいて、家族もいない私に回ってきている。父や母は、離れている兄にはいいことしか話さない。お父さんの機嫌が悪くてしんどいので来てほしいとか、新しい家電を買ったけどうまく使えないので見てほしいとか、町内の溝掃除を手伝いに来いとか、しんどいことや面倒なことはなかなか伝わらないし、わかってくれない。

兄ちゃんとはそれが理由で喧嘩をしたこともあった。でも、自分のやりたい仕事を縁も何もない中でちゃんとやっていて、しっかり家族も養っているのだから、それはそれで偉いなぁと思っている。

施設をいろいろ調べた結果、最初に見たところが、実家にも近く、一番良さげだった。

大手家電メーカーが出資している介護施設で、経営も安定しているようだった。費用は高額だったが、介護スタッフの体制も手厚く、入居者の生活の自由度もかなり高そうだ。

父は、施設の話をすると、泣いた。

「お前らが、世話してくれへんのか」

「お父さん、結子が会社も辞めて、兄ちゃんも大阪に帰って来て、世話してくれると思ってた？」

そう聞くと、そうだ、という。

えー、そうなのかぁー。

子供の世話にはならない、なりたくないって、あんなに言ってたのに。

そのあとは、お前らに任せると言ったきり、父は施設のパンフレットもろくに見ようとしなかった。

そんな父が出した唯一の条件は、母も一緒に施設に入ることだった。

というか、施設で父が一人で（適切に介護してもらったとしても）ちゃんとごはんを食べているなんていう図は、私も母も、想像できなかった。それくらい、父は母がいないとダメな人だった。

母は元気だが、膝の人工関節の手術をしたこともあって、「要支援」の認定を受けている。もっとも、そのような認定を受けていない健康な人であっても、一定の年齢以上であれば、入居は可能な施設だった。

夫婦向けの二人部屋もちょうど空いていたのだが、施設の担当者から、別部屋にすることを勧められた。

隣り合った一人部屋を二つ使うことにして、父と母は「介護付き有料老人ホームサンフラワー枚方」に入居することとなった。

四月、うららかな春の朝、父は、宇治の病院から、車椅子ごと乗ることができる車で「サンフラワー枚方」に移動した。

車椅子のまま乗ることができる、というのは便利なようで、揺れる車の中で、車椅子のまま長時間座っていることは、とても身体に負担がかかる。車椅子は移動するためのもので、長時間座っているための椅子ではないのだ。

移動には一時間ほどかかっただろうか。

父も最初は、本当に久しぶりに外をドライブできることが嬉しそうだったけど、時間が経つにつれて体を支えることができなくなって、だんだんと体の軸がゆがんでしまい、サンフラワーに着いたころには座っていることが見るからに辛そうだった。

サンフラワーでは新しい入居者として（しかも夫婦での入居はそうそうあるものではないようだった）、にぎにぎしく迎えられ、施設長さんの挨拶、そのあと、ロビーでの記念撮影と続いた。

にこにこしているサンフラワーのスタッフとは裏腹に、父の機嫌はどんどん悪くなる。

「そんなん、後でええ、お願いや、早よ、横にならせて」

施設内の設備の説明を始めた担当者に、痺れを切らしたようにそれだけ言うと、父は横になったとたん眠ってしまった。


疲れちゃったね。お父さん。

わがまま言っていいよ、お父さん。

これから、ここで暮らすんだから、言いたいことあったら、ちゃんと伝えたらいいんだよ、お父さん。

4

父と母の部屋には、必要なものを、私が運んでいた。洋服や下着、ラジオ、電気毛布、文房具などを入れていた引き出し、マグカップ、お皿、大相撲のカレンダー、誰かにもらった絵。病院で使っていたものもあったけど、家に帰ることができなかった父には、できるだけ自宅のような雰囲気を感じてほしかった。

父のものだけではなく、もちろん、母のものも。母は、何が要るのかよくわからへん、と言いながら、あれもこれもと指図する。洋服は備え付けの整理ダンスには入りきらず、衣装ケースも、いくつも運んだ。

実家とサンフラワーは近いとはいえ、ひとりで、何度も車で往復した。

顔なじみになっているマンションの管理人さんが、あきれて言った。

「ひとりで、二人分の荷物、全部運ぶんかいな」

兄ちゃん、こんなこともちゃんとわかってくれてるのかなぁ。部屋に置く小さなテレビと冷蔵庫は、父の部屋と母の部屋の分、二台ずつ、ポンと買ってくれたけど。

父は、これまで病院では、病院で貸し出される検査着のようなものや、パジャマを着ていた。でも、サンフラワーでは、日中は、自宅にいるような服を着てください、とのこと。

父は昼間もほとんどベッドに横になっているし、脱ぎ着もしやすいパジャマがいいのでは？　と思ったのだが、それはダメだという。

「食事の時にはほかの人たちも一緒の食堂に行っていただきますし、ずっとパジャマを着ていると夜と昼の区別もできなくなりがちです。着替えはちゃんとこちらで介助させていただくのでご心配はいりませんよ」

父は左半身がほとんど全く動かず、肘や手首も曲がったまま伸びにくくなってしまっていたのだが、前開きのものでなくても無理なく、上手に着替えさせてくれる。さすがプロだなぁ、と感心することしきり。

夏はTシャツやポロシャツ、秋冬はそのうえにセーターなどを着て、柔らかい素材の、ウエストがゴムになっているようなズボンをはくのが父の日常着となった。父はもともとおしゃれな人で、洋服もたくさん持っている。いろいろなTシャツやポロシャツを備え付けのタンスの引き出しに入れて、ベッドを起こしてもらって引き出しの中を眺めながら、今日は何を着るかを父が選び、介護の方が上手に着替えさせてくれる。

それらの洋服は、すべて名前を刺しゅうしたタグがつけられた。洗濯も施設の方ですべてやってくれる。

母はその説明を聞いたとき、ちょっと抵抗した。

「ええ〜、パンツまで洗ってもらうのん？」

「そら、そうやろ」

でも、実際に「すどう」と刺しゅうされたタグがついた母のパンツを見ると、ちょっと可哀想な気がした。

私としては、掃除洗濯よりも、自分で好きな食事を作れなくなることに抵抗するかなと思ったけど、それは別にどうということはないそうで、

「もう、ごはんは、作らんでええわ」

とあっさりしたものだった。

「掃除も洗濯も、ごはんも作らなくなったら、お母さん、ボケるんちゃう？　何して過ごすん？」

「お父さんのそばにいる」

確かに、そう。そのために一緒に入居するんだよね。


母は本当に、朝起きて着替えと洗面と化粧を済ませると、すぐに隣の父の部屋に行き、一日中、ベッドのそばの椅子に座って過ごした。

父が、どこか痒いとか痛いとかいうと、掻いたりさすったり。トイレのときには母ができることは母がして、できないことはコールボタンを押して介護スタッフを呼んで一緒に介助する。

テレビの操作はリモコンで父がするが、音楽が聴きたいというと父が指定したCDをセットして、聴かせてあげる（機械の操作が苦手な母は、なかなかうまくできなくて、しょっちゅう父に怒られていた）。

父を車椅子に乗せてもらって、介護スタッフと一緒に、慣れてくると時には父と母の二人で、施設の中や、屋上や、近くの公園を散歩したり。

そして、父が寝ているときは、父のそばに座って、本や新聞を読んだり、新聞に載っているクロスワードパズルを解いたり。

夕食が終わって、八時を過ぎたころ、介護スタッフが来て父はパジャマに着替えさせてもらう。トイレを済ませ、寝る前の薬を飲ませてもらい、しばらく一緒にテレビを見た後に父がもう寝ると言って電気を消すと、おやすみ、と言って、母はそっと部屋に帰るのだ。

サンフラワー枚方は二階から四階まで、全部で百名弱の入居者がいる。それぞれの階に食堂があり、皆が食堂で食事をすることになっている。二階は比較的元気な人たちが入居しているフロアということだった。

食堂では父と母のテーブルが決まっていて、二人向き合って座る。栄養面や食べやすさだけではなく、見た目や季節感などいろいろと工夫された食事が提供されるのだが、それでも、食べ慣れていない味付けや献立の食事を、父はあまり食べようとしなかった。

食堂にいるのは、当たり前だけど、おばあさん、おじいさんたちばかり。比較的元気な人が多いという二階でも、いろいろな入居者さんがいる。

大きなよだれ掛けのようなエプロンをかけ、ホロホロと食べこぼす人、背中を曲げて傾きながら食べる人、ほとんど仰向けに近い状態で車椅子に座り、介護スタッフに一口ずつ食事を口に運んでもらう人。

最初にこの光景を見たとき、ここで毎日のごはんを食べることになるのかと、父は思ったことだろう。自分も、車椅子で、介助してもらうことが必要で、皆さんと同じなのだけど。

それでも、他の入居者の様子を知ることができるのは、この食事の時間である。きちんとした身なりをして、NHKのニュースなどを見ながら、世情に関する会話をしていたりする人たちも僅かではあるが、いる。そのことに気づいてからは父も、多少なりとも身なりを気にするようになった。部屋を出るときには、少なくなった髪を梳いたり、ベルトをするようなちゃんとしたスラックスをはきたがるようになった。

サンフラワー枚方は、それほど新しい施設ではないのだが、部屋や設備も清潔だし、介護スタッフの人たちが、手厚く、本当に気持ちよく動いてくれた。何よりもよかったのは、彼、彼女らが、父や母に対して人としてしっかりと向き合い、接してくれたことだった。

これまでの病院では、特に父は寝たきりで耳も少し遠いので、父に対して何かするとき、例えば、体温や血圧を測る、体位を変える、体調がどうか尋ねる、などのときも、そばにいる母や私に話しかけるだけで、父に対しては何も言わずに父の手を取ったり身体に触ったりするスタッフが多かった。そんな時、父はあからさまに不機嫌になり、拒絶する。

挨拶をしない新顔の人には医者であっても、

「お前、誰や?」

そう言って不信感を露わにするのだった。

サンフラワーでは一切そのようなことはなく、スタッフは皆、父に対して挨拶し、父に話しかけ、様子を聞いてくれる。

父と母はスタッフから、それぞれ下の名前で、権三郎さん、美代子さんと呼ばれた。二人いるから苗字で呼ぶわけにはいかないのだろうが、ファーストネームで呼んでもらえるのは、私も、なんだか嬉しかった。

父は、自分の思うように介助してもらえないときにはキツイ言葉も言うのだけど、ちゃんと父のことを考えながら一生懸命接してくれるスタッフには優しい。その父の気持ちをスタッフも感じてくれることがそばで見ていてもわかって、嬉しかった。

親しくなるとスタッフは父のことを権さん、権さんと呼ぶようになり、父もまんざらでもなさそうな顔をしていた。

父がお気に入りのスタッフは数名いたが、一番かわいがっていたのは、上野君かもしれない。上野君はまだ二十歳にもなっていない新入りのスタッフだった。介護のスキルもまだまだこれから、というところだったが、一生懸命やってくれたし、何より、明るい、元気な若者だった。時には父に対しても素直に「権さんがちゃんと協力してくれへんかったら、うまいことできひんやんか」などと言ってくる。まだ若い上野君が、ここで仕事をする前には自宅で自分のおじいさんの世話をしていたことなどを聞いて、父は、その苦労を思いやっていたのかもしれない。


介護が手厚い分、サンフラワーは、費用も高額だった。

四十代の初めに起業して小さな会社を営んできた父は、会社を手放す際にそれなりの退職金を確保していたし、今も、そこそこの貯金があるはず。

両親の資産を把握していたわけではないけれど、そのお金を、こんな時に使わないでいつ使うの？　と思っていたし、万一、もし、いつか将来、足りなくなったら、兄ちゃんがなんとかしてくれるだろうと、私は楽観していた。

サンフラワーには、入居の際に一時金としてまとまった金額を支払ってその後の費用は安く済ませるか、一時金は支払わずに毎月かかった費用をその都度支払うか、二通りの支払い方法があった。ひと月いくらかかるのか、費用のことも父にそのまま説明し、父も納得したうえでの入居であった。父が選んだのは後者の支払い方法であった。

父は入居すると、お金のことをより具体的に知りたがった。今、いくら貯金があるのか。自分の持っているお金で、サンフラワーには今後どのくらい、いることができるのか。

サンフラワーには貴重品は持ち込まないようにということで、実家に置いてあった父の通帳や印鑑、キャッシュカードなど、すべて私が預かることとなった。それらをただ預かるだけではなく、年金の入金や、お金を貸している人からの返済の確認など、結構面倒なことをしなければならない。

入居して間もなく、父の口座からサンフラワーの費用を毎月自動で引き落とすようにし、父の口座のお金を私や兄ちゃんが代理で出金できるようにするために、銀行の担当者をサンフラワーに呼び、手続きをした。これも、結構大変だった。

お金はあるから大丈夫だと何度言っても父は心配するので、今いくら貯金があって、年金やサンフラワーの支払いなど、月々のお金の出入りがどうなっていて、このあと何年サンフラワーにいることができるのか、詳細にシミュレーションした。

計算したエクセルの表を印刷して、それを見せながら伝えた。

「十三年。十三年は大丈夫、お父さん。今お父さんは八十歳やから、九十三までここに、お母さんと一緒にいられるよ。そのあとはまた考えよう」

父は、うんと長生きするつもりなのか、それでも安心できなくて、母が美容院に行くことや、病院に行くことさえ、叱ったりする。

「節約せなあかんのに、みいこは、何もわかっとらへん。アホや」

「なんでそんなこと言うのん、お金あるって言うてるやん。それに、お母さんには、これからも元気で、キレイでいて欲しいやん」

「そんなん、もうどうでもええ。もうババアや」


そのうち父は、実家のマンションを売りたいと言い出し、母を困らせた。

住んでいないのに、毎月の修繕積立金や管理費などを払うことが、もったいないという。現金をできるだけ増やして、安心したいようだ。

「マンション売ったら、私ら、帰るとこなくなるで。今ある荷物やら家具はどうすんの？」

「お前はずっとここに、ワシと一緒にいるんやろ。ほんなら、ここにあるものしか要らんやろ。要るものは全部、ここに持ってきたらええ」

怒ったように言った後、シクシク泣き出してしまう。

お父さん、いつからそんなに涙もろくなったの？

わからないことを言うようになったの？

きっと病気がそうさせるんやね。かわいそうに、お父さん。

5

母は元気だ。

父に何を言われてもへこたれない。

これには本当に頭が下がる。というか、あきれるくらい、へこたれない。

父はもともと短気で怒りっぽい（大阪弁でいうと、いらちな）性格だったが、病気になってより一層感情をコントロールすることが難しくなっているようだった。

特に母に対してはちょっとしたことで遠慮なく怒鳴りつけるし、時には髪を引っ張ったり、ものを投げたりする。もっとも、投げるのは大抵、ティッシュペーパーだったりタオルだったり、当たってもたいしたことのないものなのだが。

母は、もうこの部屋にいるな、出ていけ、とボロカスに言われても、ちょっと離れて過ごして、そのあとまたそっと父のそばに座っている。

サンフラワーを訪ね、父の部屋に行くときには、必ず二階のスタッフルームの前を通る。病院で言えば看護師さんの詰め所のような場所だ。

二階の介護スタッフのリーダーは岡多さんと言って、トンボ眼鏡を掛けた若い女性だった。岡多さんは、リーダーとして統制をとる必要もあるので、何でも父の言うことを聞いてくれるわけではなかったけど、父は岡多さんのことを「メガネ」と呼んで、何かと頼りにするようになった。

岡多さんは、私がスタッフルームの前を通ると、必ず声をかけてくれて、父と母の様子を伝えてくれる。特に岡多さんは、父だけではなく、母の様子をいつも気にしてくれていた。

「権さん、また怒ってはって。美代子さん、大丈夫かなぁ」

「何かあったんですか?」

「美代子さんがお風呂の時間に権さんが目を覚まして、美代子さんがいないことに怒りはったみたいで。私らも説明したんやけど、お前は風呂なんか入らんでええんや、って」


父と母とは、同い年である。

中学校の同級生なのだ。中学三年の時に母が転校してきて同じクラスになって、父が母にラブレターを出したらしい。そのあと高校は別々になったけど、大学生の時の同窓会で再会して、交際が始まった。と、聞いている。

私や兄ちゃんが小さいころには父もやんちゃだったのか、母も気が強かったのか、時々大きな夫婦喧嘩をしていたけど、でも、やっぱり仲のいい夫婦だ。年を重ねて、ますます仲良くなっていくようだった。


これまでにも、父も母も、病気や入院を、度々経験してきた。

父は前立腺がんの手術をしたし、母は膝に人工関節を入れる手術をした。

父に前立腺がんが見つかったのは、ちょうど母の弟が、がんで亡くなった直後だった。母の弟は、がんがわかったときにはもう手遅れで、あっという間に亡くなってしまった。母は、思いがけず自分より若い弟をがんで亡くし、その直後に父もがん、ということがわかって、ちょっと不安定になってしまい、父が入院している間、私は一か月ほど実家で母と過ごした。

父が元気になると、長らく悪かった母の膝の痛みが、いよいよひどくなった。杖や、時には車椅子が要るようになり、人工関節を入れる手術をすることになった。母の手術の時、父は、これを入れますという人工関節を見て、こんな大きいものを入れるのかと青ざめ、手術中も、見ているこちらが疲れるくらいおろおろしていた。そして、手術が終わって母の顔を見るなり、ぼろぼろと涙をこぼした。

手術して以降、母は、手すりさえあれば階段も平気になった。ただ、しゃがむことができないので、和式のトイレは使えないし、長く歩くと、もう片方の膝がむくんだり、痛みが出たりする。障害者手帳ももらった。

宇治の病院に父が転院することになったときには、母は、これまでみたいに毎日お見舞いは行かれへんなあ、と言っていたのに、結局、雨の日も風の日も、毎日、電車を乗り継いで片道一時間半ほどかけて、病院に通った。

何よりも母は父のことが大好きで、そばにいたいのだ。
そして、父も、母のことが大好き。甘えてばっかりいる。

お父さん、よかったねぇ。お母さんとずっと一緒にいられて。
こんなに好きな人と、ずうっと一緒に暮らしてきて、よかったねぇ。
もう、ずっとずっと、一緒にいられるよ。お父さん。

サンフラワーに母がいるのは、父が慣れるまで。三か月くらいかな。当初はみんなそう思っていた。おそらく、父も、そう思っていたのではないだろうか。
サンフラワーは実家から歩いて通える距離だったし、毎日母が、父に会いに行くこともできたはずだ。でも、いったん入居した後は、誰も、母の退去を言い出すことはなかった。母はその後もずっと、サンフラワーで、父と一緒に、暮らした。

6

サンフラワーではいろいろな趣味のサークルがあったり、季節の行事や趣向を凝らしたイベントも催される。

毎月行われるイベントもいくつかある。

そのひとつは、お茶会。介護スタッフがちゃんと着物を着て、お点前を披露してくれる。季節の美味しいお菓子もお茶会の大きな楽しみだ。

そのほかにも、その月に誕生日が来た人をお祝いする誕生会。担当のスタッフが決められた予算の中でプレゼントを用意してくれる。その日のおやつには、小さなケーキが出る。

日曜日には、音楽サークルなどのボランティアによるコンサートも頻繁に催された。

最初は父も一緒にこれらの行事に出ていたが、そのうち、母に「お前だけ行ってこい」と言うようになった。やはり父は、サンフラワーの入居者の人たちと顔を合わせるのが、あまり好きではないようだった。特にコンサートなどでは、二階以外の人たちとも一緒になる。痴呆が始まっていたり、うつろな表情をした人たちと一緒に過ごすことは、自分自身の老いを目の当たりにしているようで嫌だったのかもしれない。

そんな、施設でのイベントに加えて、サンフラワーでは月に一度、外食できる機会がある。入居者ごとに、自分が希望するお店に介護スタッフが付き添ってくれて、一緒に外食するのである。

行き帰りや、お店での食事の間も、日ごろの世話をしてくれている介護スタッフが一緒にいてくれるのは、とても安心。自分たちの食事代に加えてスタッフの食事代も入居者が払うのだが、若い人が美味しいと言ってたくさん食べてくれるのを見るのは嬉しくて、父も母もこの外食を楽しみにしていた。

父と母がよく行ったのは、近所の焼肉屋や、お好み焼き屋、駅のそばにある鮨屋など。近いところなら車椅子で、少し遠いところなら、サンフラワーの車で送迎をしてくれる。介護スタッフにとっても、普段と違う美味しい食事を食べられることは楽しみなようで、上野君などは、

「今度、権さんと美代子さんと一緒に、焼肉いくねん」

とあまり言いふらすものだから、父から、

「お前なぁ、あんまり、焼肉、焼肉、言うな」

とたしなめられるほどだった。

父は小さな会社を経営していたのだが、その会社の最寄り駅の駅ビルの地下に、行きつけの割烹があった。

通い始めてから三十年以上、多いときには週に二、三度も行っていただろうか。

大抵は一人でカウンターに座り、生ビールと、麦焼酎の水割りを一、二杯。

父は、何も注文しない。店の大将は、父の好みをわかっていて、その日のおすすめを二品か三品、出してくれる。

父は大将が手際よく料理する姿、別嬪の大将の奥さんが忙しく立ち働く姿を見るのが好きだった。そしてたまには、仕事のことや何かを聞いてもらう。

「今日は言い過ぎたかのう」などと、気がかりなことをこぼしたりもしたらしい。

すると大将や奥さんは、

「みんな社長のこと、わかってはる」

と、一言励ましてくれる。父は、そんな時間を、仕事と家との間に持つことができていて、とても大切にしていたのだと思う。

店の名を「文七」という。美味しいものを、気取らず、本当に美味しく食べさせてくれる店で、値段も安い。料理は季節の魚や野菜が中心で、夏は、鱧、鮎。秋には松茸。冬は河豚《ふぐ》や寒鰤。大将は、富山、氷見の出身だった。

母も私も何度も何度も連れて行ってもらったし、父が仕事を辞めてからも、しばしば、一緒に美味しいものを食べさせてもらっていた。

「寒鰤、入ったさかい、食べに来て」

大将からそんな電話が掛かってくると、父は嬉しそうに私にも電話を掛けてきてくれる。

「寒鰤や、お前も来い」

おなかいっぱい、御馳走になる。

もう大将もだいぶ歳をとって、お客さんが少ない日もある。でも、本当に不思議なのだが、父が行くと、文七にはそのあと、お客さんがたくさん入ってくる。

「社長は、ほんまに福の神や」

そう言われて、父もまんざらではない顔をしている。

父が倒れて以降、大将の奥さんは、何度もお見舞いに来てくれていたが、大将は一度も来なかった。

「社長の病気の姿を見るんは、嫌や、て。早う元気になって、また店に来てや、て」

いつも、奥さんが少し申し訳なさそうに大将の言葉を伝えてくれた。

サンフラワーに入ってから、少し落ち着いてくると、父は、口癖のように言うようになった。

「文七、行きたいなぁ」

「行きたいなぁ。文七さん、よう、連れて行ってもろたなぁ。元気になったら一緒にまた行こう」

文七までは、電車で二十分ほどかかる。外食で連れて行ってもらうには、ちょっと遠すぎるし、無理だろうなと思い、いつもなだめるようにそう言っていた。

が、ある時、岡多さんから、提案があった。

「権さんと一緒に、文七さんに行きませんか？」

兄ちゃんも帰ってきて、みんなで行くことになった。

文七さんは、お客さんの比較的少ない土曜日、ランチの営業が終わってから、貸し切りにしてくれるという。一緒に行ってくれるスタッフは岡多さんと、お父さんお気に入りの前川さん。前川さんは女性だけどとっても力持ちで、しっかり者。この二人なら、介助も的確な、最強コンビだ。車で行くか電車にするか考えたが、渋滞があるかもしれないことを考えると、電車で行きましょうということになった。

当日。

父は朝からそわそわしている。もう帽子までかぶって、準備万端だ。

普段はポロシャツとジャージのユニフォーム姿の岡多さんと前川さんが、私服で部屋に迎えに来てくれた。父は、二人が誰だかわからず、ぽかんとしている。

二人とも若い女性、今日はお出かけだから、おしゃれだって、お化粧だってするよ。

「あんたら、誰や？」

「お父さん、岡多さんと、前川さんやんか」

「へえ。ほんまに？」

みんなで大笑いした。

車椅子に乗って、電車の時間に合わせて、サンフラワーをいつもの車で出発。駅では、エレベーターで改札階に行き、さらにホームへ降りる。

ホームでは、あらかじめお願いしていた場所で、駅員さんが、電車との間に補助板を置いてくれる。

父は病気になってから電車に乗るのも、初めてだ。

電車は空いていて、父は車椅子用のスペースに落ち着いた。隣には、岡多さんと前川さん、両手に花、だ。

「お父さん、写真、写真」

カメラを向けると、若い二人は満面の笑みで、ピースサイン。

父は顔をくしゃくしゃにして、もう、泣いている。

文七に着いた。

まだお客さんが少しいて、大将はいつも通り仕事をしていた。

大将の奥さんが飛びっきりの笑顔で迎え、きびきびと父が座る場所を整えてくれる。そうして、落ち着いたころに、やっと、大将が、にこにこ笑って、カウンターから出てきた。

「社長！　よう、来てくれはった！　待ってたんや！」

大きな声。

細くなった父の腕と、大将の太い腕とで、がっちり握手。ハグもしてもらって、また父は泣いた。大将の目も赤い。

「今日は、ぎょうさん、食べていってや」

いつものように、何も注文しなくても、料理が出てくる。

父も、白身の薄造りや鱧の落としを、美味しそうに、満足そうに、食べた。岡多さんも前川さんも、御馳走をきゃあきゃあ喜んでくれて、美味しそうにたくさん食べた。父はそれを、嬉しそうに眺める。

途中、トイレも最強コンビが介助してくれて無事に済ませ、楽しいときはあっという間に過ぎ、帰る時間となった。店の前で、みんなで記念撮影をした。

大将が後ろから、父の顔を大きな手で包み込む。父も、嬉しそう。子供のような笑顔だ。

よかったね、お父さん、今日は、嬉しい一日やったね。

文七さんに、来れたね。

また来よう。次は、河豚の季節に。ね、お父さん。

季節は夏へ。

サンフラワーから、夏祭りの案内が来た。

特別メニューの食事を家族も一緒に囲み、そのあと、いろいろと趣向を凝らした出し物や、盆踊りもあるという。

入居者の皆さんにも可能な方には浴衣を着ていただきたいんです、あれば、お持ちいただけたら、こちらで着付けもします、ご家族もできれば浴衣でお越しくださいとのこと。

「私はそんな、浴衣なんてええわ。あんたは浴衣着て来たらお父さんも喜ぶやろけど」

母はそう言ったけど、実家にあった浴衣を持っていったら、ちゃんと着せてもらっていた。

昔、母の母、つまり私からいうと祖母が自分のために仕立てた、浴衣だ。母はその浴衣を着るのは初めて。よく似合っている。

父もそれを眺めて、二人ともなんだか嬉しそう。

父は、いつか父の日に兄ちゃんが送ってきた甚平を着て、そのうえから「サンフラワー」と染め抜いた法被を羽織り、豆しぼり手ぬぐいのハチマキまでしている。

心づくしの特別料理を一緒に食べた後、余興が始まった。

日ごろお世話になっているスタッフさんたちによる、マジックや漫才。きっと、いっぱい練習したんだろうな、なかなか上手だ。みんな笑顔で、楽しそう。

そして最後は盆踊り。先月から父と母の担当となった上野君は、父が持っていたもう一つの甚平を着てくれていた。

「あれ、上野君の甚平さん、お父さんの?」

「そうやねん、普段と同じ格好してたから、お父さんが、お前、これ、着い、って渡したら、すぐ着てくれたん」

上野君はタコ踊りのように変な腰つきで踊っていて、父もみんなも大笑い。ああ、楽しいなぁ。

お父さんも、お母さんも、ここに来てよかったね。

こんなに楽しく、これからも過ごせたらいいね。

本当に、本当に、よかった。

7

サンフラワーでは、看護師さんが常駐しているし、専属のドクターもいる。

さらに、理学療法士さんもいて、週に二度ほどリハビリの時間がある。それに加えて父は、宇治の病院でお世話になった渡瀬先生に特別にお願いして、サンフラワーにも来てもらって、リハビリを受けていた。

父がそれを望んだとき、そんなことできるんやろかと思ったが、思い切って先生に手紙を出したところ、とにかく一度お見舞いがてら様子を見に行きます、とのことだった。

渡瀬先生は、自分の都合のいいときだけしか来れないけど、それでいいなら、来ましょう、お礼は要りませんと言った。

その後も渡瀬先生は、大阪の出張の帰りなので、など、何かと理由をつけた形で、多いときは毎週のように来てくださった。本当に有難く、感謝しかない。

涼しい秋の風が吹くようになったころだったろうか。

父の障害者手帳を申請するために、最初に救急車で運ばれた大学病院に行って障害の度合いを確認する必要があるという。それも、日帰りではなく、一泊入院しないといけないということだった。

サンフラワーでは、通院の送迎や診察の付添いも介護スタッフがしてくれるが、入院となると、病院にいる間は、病院の看護師さんが父の介助をすることになる。一泊だけといっても、慣れない人に世話をしてもらうのは、大丈夫だろうか。

父は、以前入院していたこともある病院だし、大丈夫だと言う。ちょっと気分も変わってええやろ、と、いつもと違う外出を楽しみにしているかのようだ。

入院の日は母ができるだけ遅くまで付き添い、翌日はちょうど土曜日だったので、私が朝早く病院に行くことにした。送り迎えはサンフラワーのスタッフがしてくれる。うーん、きっと、大丈夫だよね。

父が入院した日、仕事が終わって母に連絡すると、待ってました、とばかりに母は今日の様子を話してくれた。何やらいろいろな機能や運動の確認をして、それはよかったのだけど、父が病院の食事を食べなかったというのだ。

「ええー、全然食べへんかったん？　口に合わんかったんかなぁ？　でも、おなか空くやろうに。水分はちゃんと摂ってた？」

「うん、お茶やらは飲んでたし、いつものように飴は食べてたけど」

父はいつも、飴を食べていた。舐める、というより、食べる、という表現が正しいと思うくらい、たくさん。それが父にとってのカロリー補給源でもあるくらいに（ちなみに、飴は、味覚糖の「特濃ミルク」だ）。

「なら、明日はできるだけ早う、病院に行くようにするわ。朝ごはんの時間に間に合うように行った方がいいよなあ。八時くらいかなぁ」

「もう検査とかもないから、手続きだけ済ませたら退院できるみたい。サンフラワーのスタッフも、九時半くらいには着くように迎えに行ってくれはるし、その車にお母さんも乗っていくから」

翌日。

八時過ぎに病院に着くと、ちょうど朝ごはんが配膳されたところだった。

ロールパンは柔らかそうで、牛乳やヨーグルトもついているけど、父はやっぱり手を付けていない。

父は私の顔を見ると少しほっとした表情を見せたが、あまり眠れなかったようだった。

「迎えは、何時に来るんや？」

「サンフラワーの人？　九時半くらいって言うてたよ。もう、今日は何もすることないんやったら、昨日のうちに帰らしてくれたらいいのになぁ」

「電話して、早よ来て、て、言うて」

「なんで？」

「ええから、できるだけ早よ来て、て、電話して」

まぁ、手続きは後で私がしてもいいし、何もないなら早く帰らせてもらうこともできるかも。父はなんだか切羽詰まっているみたいだったたし、サンフラワーに電話した。

今日は手も空いているので、早く出ることができそうだという。

「九時前には来てくれるって。お母さんも一緒に来るよ。あと三十分くらいかな」

父はほっとしたのか、パンを食べる、という。

柔らかいロールパンを一口の大きさにちぎって、サンフラワーから持ってきてあったマーマレードを付けると、食べる、食べる。ロールパン二個をあっという間に平らげた。

「お父さん、昨日、ごはん食べなかったんやろ？　ずっと、おなか空いてたんちゃうん？」

と言ってから、ハタと気が付いた。

……お父さん、トイレが心配だったから、食べなかったんだ。

パンを食べた後、牛乳を飲んでいる父の傍らで荷物をまとめていると、間もなくサンフラワーのスタッフがやってきた。

「権さん、おはよう！　迎えに来たでー」

父のお気に入りのスタッフ、桑子さんと生野さんだ。

二人の顔を見ると、なんと父は泣き出した。後ろに母もいたけど、この時ばかりはあきらかに、二人の顔を見て、父は泣き出した。

父は、涙をぽろぽろこぼして、そして、言った。

「トイレに、連れてって」


トイレに行って落ち着いて、さらに父は、母が持ってきた好物の粒あんの饅頭をぱくぱく食べた。

「早よ、帰ろ」

手続きや支払いなどのために母と私を残して、父はスタッフと、意気揚々と車に乗り込み、サンフラワーに帰っていった。
もうこの先、ずっとサンフラワーにいる。
父がその覚悟をしたのが、この一泊の入院だったように思う。
そして、その父の覚悟を感じて、私も母も、それぞれの覚悟をすることになるのだ。

8

私のマンションは大阪市内の福島区、梅田まで歩いていけるくらいの場所にある。マンションからサンフラワーは、阪神高速を使って車で三十分くらいだ。

私が離婚したのは三十二歳のとき。結婚して七年経っていたが、子供はいなかった。

社内結婚、社内離婚、だった。今でこそそれほど珍しくないかもしれないが、当時は、少なくとも周囲ではそんな例は聞いたことがなかった。離婚を決意したとき、私の方が会社を辞めないといけないかもしれない、と覚悟した。でも、実際に離婚してみると、なんということはなかった。

私も元夫も、製薬会社の研究職だった。大阪北部にある事業所で、同じ敷地の隣の建屋に勤務していた。離婚を決めたころ、物理的にも元夫と離れたいと思ったタイミングで、私の上司が会社を辞めることになり、それに伴って、大阪市内にある中央研究所に何人か移ってほしいというアナウンスがあった。手を挙げるとすぐ異動が決まった。異動してみると、異動先の上司は、元夫と同じ大学、同じ研究室の先輩だった。

「彼、元気にしてる？　しばらく会ってないけどなあ」

「実は私、離婚を考えていて、しばらく前に家を出て、今は実家にいるんです」

上司はちょっとびっくりしたようだったが、そうなんか、とだけ言い、その後は、一切そのことに触れることはなかった。異動して二週間後に私は正式に離婚し、名前も旧姓に戻した。

新しい上司は、私に私自身の研究テーマを与えてくれた。入社して十年が経っていた。それまでの部署では、女性社員は、男性社員の研究の手伝いしかさせてもらえていなかった。

中央研究所では、私と同じ世代の若手が、会社にとって大切な研究テーマを担って、責任ある立場で仕事をしている。女性でも一人前の研究者として扱ってくれる。仕事が面白くて仕方なかった。頑張ると、それが認められて嬉しくてまた頑張る、そんなふうに仕事に打ち込んでいった。

実家は私の結婚後に建て替えていて、私の部屋はなくなっていた。実家に戻ってからは、父の書斎を使わせてもらっていたが、一度家を出たのにまた一緒に両親と住むというのはどこか居心地が悪く、一人で住みたいと思うようになった。

私は、職場に近い住宅公団の賃貸住宅に引っ越した。職場までは歩いて十分ほど。自転車ならものの三分で職場に着く。実家から一時間以上かかって、満員電車で通勤していたのと比べると、天国だった。

そのあとしばらくすると、

「結子も、そろそろちゃんと落ち着かなあかん」

父がそんなことを言うようになった。

「落ち着くってどういうこと？　仕事もしてるし、落ち着いてるって思ってるねんけど。結婚しなあかん、ってこと？」

「いや、そうやないけどな、あんなとこに住むん、やめたらどうや」

都会の公団の賃貸には、確かに、いろんな人たちが住んでいて、父にとってはあまり好ましいものではなかったのかもしれない。引っ越しを手伝いに来た時も、古くてあまりきれいとは言えない共用部分に、顔をしかめていたっけ。

「じゃ、どんなとこに住むの？」

「マンション、買うたらどうや」

結婚していたときに住んでいたのは元夫との共同名義で買った家で、その頭金に貯金をかなり使ってしまっていた。離婚に関してはお金のことで揉めたくなかったし、元夫がそのまま住んで、これからのローンを一人で担ってくれることを条件に、私は、それまでにその家のために出していたお金を請求することはしなかった。

「今、お金ないもん。また貯めたら、買うかもしれんけど」

「今やったらお父さんもまだ仕事してるし、ちょっとくらいお金出してやれるで。

兄ちゃんにも出してやってるしな、お前も、家かマンション、買うたらどうや」

へえー、と思った。確かに、兄ちゃんも少し前に家を建てていて、その時にお父さんが援助したというのは聞いていた。

父は、私の好きな場所に、好きなマンションを買えばいい、という。実家のそば、という縛りがないのなら、それは有り、だ。

職場に近くて、ファミリータイプの大規模マンションではないところをいくつか見て歩いた。ファミリータイプのマンションは、なんだか気おくれがした。私ひとりでモデルルームを訪ねても、営業担当が相手にしてくれないところも多かった。

結局決めたのは、職場から歩いて数分。駅からも近く、下町の風情が残る場所にあって、総戸数が四十九戸の小さなマンションだった。もとは、公設市場があった土地だという。

もう建物自体は建っていて、モデルルームも実際のマンションの中にあった。選んだのは、十階建ての九階、そのマンションの中でも、一番小さい区画にした。

上層階ならまだ間取りや内装を変えられるということで、２ＬＤＫを、広いリビングと洋間ひとつだけの、１ＬＤＫに変更した。

父は一切、どんなマンションなのか聞かなかった。

「結子がええんなら、それでええ」

そう言って、引っ越しの時にも、マンションに来ることはなかった。

そのあとも、父の車でマンションまで送ってくれるときなんかに、たまには部屋でコーヒーでも？　と誘っても、決して父は、部屋には入らなかった。


そうだ、一度だけ。

私は、ひったくりに遭ったことがある。

年末、もう明日が仕事納めという日。その日は仕事の後、父と母と一緒に忘年会をしようということで待ち合わせ、例の文七で食事をした。九時前には店を出て、父と母と別れ帰る途中、駅から商店街を通ってマンションに向かって歩いていたら、二人乗りのミニバイクに追い越されざまに、カバンをひったくられた。

咄嗟のことで声も出なくて、追いかけて走ったけど追いつけるはずもなく、その場にへたり込んでしまった。

財布も鍵も免許証も、何もかもカバンに入っていた（今なら、スマホも、というところだろうが、当時、私はまだ携帯電話を持っていなかった）。仕方がないので、駅前の交番に行って事情を話し、被害届を出した。

お金もなくて、マンションにも入れないので、交番から実家に電話をした。なぜかいつもはあまり電話を取らない父が電話に出た。

「お父さん、結子。……あんな、お金持って、迎えに来て」

ああ、情けない。

父と母は驚いて、すぐに来てくれた。鍵屋さんに連絡して、その日のうちにマンションの鍵を付け替えてもらった。

住所がわかるものも鍵も一緒に盗られていたが、部屋は何ごともなく、そのままだった。その時が、唯一、父がマンションの部屋に入ったときだ。

都会のマンション暮らしは本当に快適。ＬＤＫは日当たりがよく、天気のよい日には大阪ドームまで見渡せた。夏は淀川の花火もよく見える。大きな道路からは離れているので、日中も夜も静かだった。

梅田まで歩ける場所ではあるが、このあたりは空襲で焼け残った地域で、戦前からの長屋や商店がいくつも残っている。手作りの豆腐屋や、新鮮な魚を売る魚屋、美味しいコロッケをびっくりするくらい安い値段で売る肉屋などが、すぐ近くに店を出していた。銭湯も歩いていける距離に三、四軒あって、夕方の早い時間から長屋に住むお年寄りが、洗面器を片手に銭湯に行く姿をよく見かけた。

私は、少しずつ、時間をかけて、部屋を整えていった。

食器のひとつひとつも、家具も、自分が本当に気に入ったものを、少しずつ増やしていった。

そうして自分の「居場所」を整えることで、離婚で傷んだ自分を、ゆっくりと取り戻すことができたように思う。

誰にも気を使うことなく、邪魔されることのない、自分の場所。自分が選んだものに囲まれ、落ち着ける場所。そんな、自分の場所で自分の時間を過ごす毎日は、こんなに気持ちいいものなのか。

でもそこには、私ひとり。一人暮らしの不安がなかったわけではない。不安を感じ始めると、いたたまれなくなるくらい、不安で、寂しい。当時の私は、そんな不安や寂しさを感じながら、自分一人で生きていくことができるかどうか、試しながら生きていたように思う。経済的にも、社会的にも、気持ちの上でも。

自分ですべてのことを判断する。時間の使い方や、お金の使い方。誰とどんなふうに関わって生きていくのか。

仕事をして、日々の暮らしを整えながら、山登りや旅行にも出かけた。山登りも旅行も、最初のうちは友人を誘っていたが、次第に、一人で出かけるようになった。どこに行くか、いつ行くか。知らない土地、あるいは、知らない山を、どんな行程で訪ね、どのように行動するのか。自分が行きたいところにちゃんと行って、帰ってこられるのか。

それを、ずうっと、試していたような気がする。


気が付くと、もう、このマンションに住んで二十年近くになる。

マンションの周囲もずいぶん変わった。

すぐ目の前に、十一階建てのワンルームマンションが建ち、ちょうど目の高さにそのマンションの向かいの部屋が見えるようになった。日中もカーテンなしには過ごせない。歩いて三分ほどの場所に大手のスーパーが出来て、豆腐屋も、魚屋も、肉屋も店を畳んでしまった。銭湯も取り壊されてマンションに建て替わっている。職場も移転した。数年前からは、徒歩通勤ではなく、電車で三駅ほどの新しい研究所まで通っている。

部屋そのものは、水回りなどもそれなりに古くなっているけれど不便はなく、住む上での快適さは変わらない。

快適さは変わらないのだけど、私の事情が変わった。
マンションを引き上げて、実家に、母と一緒に住むのが、一番いいんだろうな。
父がこんなことになって、誰に言われたわけでもないが、そんなふうに思い始めていた。

父と母は、母が膝を悪くしたこともあり、五年ほど前に、それまでの一戸建てから駅近くのマンションに引っ越していた。三十階建ての大規模なタワーマンションである。

父と母にとっては、初めてのマンション暮らしだった。家の中に階段がなくフラットで、冬でも暖かい。特に、お風呂の暖かさには驚いていた。一戸建てのときはタイルのお風呂で、ぞくっとする冷たさがあった。冬でもお風呂が冷たくないことは、血圧が高い母には、何よりも安心できることだった。

駅から近いし、買い物も便利。周りには洒落た喫茶店や本屋も。

でも、すぐそばに幹線道路の交差点があって、昼間も夜も、車の音がうるさい。

救急車もよく通って、落ち着かない場所だということが、引っ越してからわかった。


角部屋だったこともあり、二人で暮らすには十分すぎる広さだったが、一戸建てからの引っ越しは、かなりのものを処分しても、家具と荷物でいっぱいになった。普段使わないものでもなかなか手放さないのは、この年代の人たちの常だ。窓のない一部屋を物置のように使っても、それでも、どの部屋もモノで溢れていて、廊下や洗面所の収納も、ぎっちりモノが詰め込まれ、何がどこに入っているのかわからないような状態だ。

台所には直接西日が当たって、夏はものすごく暑い。こんな暑いところで火を使って、お母さん病気になるよ、と、思った。

エレベーターからも一番遠い場所で、立体駐車場の車からも遠くて、車から荷物を部屋に運ぶのはとても大変だ。

でも、父も母も、そんな不便や不満は、少なくとも私には、ひとことも言わなかった。父は自分で選んだマンションだし、母は父が選んだのなら文句は言わない。

そんなだったので、私は、父と母が暮らすマンションをどうしても好きになれなかった。だから、福島のマンションを引き払って父と母のマンションに引っ越すなんて、受け入れることができなかった。

いや、正しくは、父と母が暮らすマンションが好きになれなかったのではない。父と母の暮らし方が好きになれなかったのだと、今になってみると、そう思う。

9

サンフラワーの向かいには、月極めの大きな駐車場があった。駐車場になる前は田んぼか畑だったのだろうか、結構な広さである。

その駐車場に、ある時、工事車両が入り、地盤改良の工事が始まった。区画が整理され、分譲中というのぼりが立ち、小さなプレハブの販売事務所が出来た。建築条件付きの土地の分譲である。大和住宅という建築会社が、自社で注文住宅を建てることを条件に、十八戸分の分譲地を売り出したのだ。

それを見た時、ふと、思いついた。

ここに、小さい家を建てて住む、というのはどうだろうか。

早速、販売事務所に立ち寄って資料を貰った。

大和住宅、というのは知らない名前だったが、調べてみると近畿一円で土地を分譲し注文住宅を供給している、そこそこの会社だった。応対してくれた営業の担当者はあまり好きになれなかったが、質問には的確に答えるし、やるべきことはしっかりやってくれそうな人だった。何より、女一人の客でも、ちゃんと対応してくれた。

大和住宅が建てる住宅は木造だが、断熱性、耐震性など、躯体そのものはしっかりしているようだ。いくつかモデルとなる図面が用意されていたが、全くのフリープランでの建築も可能ということだった。

私は数年前にマネジャーになっていて、給料も上がった。今住んでいるマンションのローンも終え、それなりに貯金もしていた。マンションを売って頭金にして、また多少のローンを組むことになるだろうが、資料のモデルプランの金額は、手の届かない金額ではなかった。

ここに、私の家を建てよう、という気持ちが、少しずつ前に進んでいった。

父と一緒に住むのは難しいにしても、サンフラワーから、車椅子でストレスなく訪れることができる家にしたい。一戸建てでも、完全なバリアフリーにできるだろうか。

母と一緒に住むこともできるように、部屋をひとつ、用意しよう。

まだどの区画も売れていない。一番日当たりもいい、角地が良さそうだ。ここなら、サンフラワーの表玄関から道を隔ててすぐ、父や母の部屋も見える。

あらかたそんな構想が出来上がって、父に話した。

「お父さんに援助してもらった福島のマンション、手放すことになるかもしれへん。それでも、いい？」

「好きにしたらええ」

いつもの父のスタンスのまま。変わりないその態度に少しほっとした。

母の方がリアクションは大きかった。

「ええ？？？」

びっくりされた。

「結子はそれでええの？　会社、遠うなるで」

「ええよ」

自分でもあっさりと返事できたことに驚いた。

「でも、今のまま、好きなことはしたいし、生活は大きくは変わらへんと思ってる」

「そら、あんたが近くに来てくれたら、そんな安心なことはないけどなぁ」

母はそう言いながら、難しい顔をしている。母は、嬉しいとか、ありがとうとか、そういう気持ちを表すのがあまり得意ではないのだ。


具体的な話はどんどん進んでいった。

大和住宅から、角地の住宅のモデルプランの図面を貰った。夫婦と子供の暮らしを想定しているのだろう、私のニーズとは全く違っていたから、自分で、一から図面を引きなおした。

車椅子で玄関にアプローチするためには、道路との高低差が小さいサンフラワー側からスロープを作って玄関に繋ぐ。車を置く場所は日陰になるように、建物の北側にしたい。

一階は、玄関を広めにとって、ゆったり広いリビングと台所を確保したい。お風呂と洗面所を一階にすると狭くなるから、それらを二階にもっていくことはできるだろうか。

ホームエレベーターをつけたい。それがなかったら、父は絶対に二階に上がることはできないから。車椅子でも使いやすい広いお手洗いは、洗面所と一緒に、二階に作ろう。

二階は、お風呂と洗面所と広いトイレと、あと、二つの寝室。一つは私が使う。もう一つは母。私の部屋にはウォークインクローゼット、和ダンスを置く畳のスペースも欲しい。

廊下も階段も手すりを付けて、幅を広めに。扉はできる限り引き戸にしよう。

二階にはベランダをつけ、エアコンの室外機のスペースも考える。エレベーターと階段の位置関係はどうしたらいいだろう、窓はどこにとれば風通しよく過ごせるだろう……。

考え出したら止まらない。想像力をフルに発揮して、手持ちの方眼紙に鉛筆で図面を描いた。

その図面を大和住宅の設計担当者に見せた。エレベーター、可能です、二階のお風呂も可能です。次回の打ち合わせまでにご希望をできるだけ反映させたプランをご提案しましょう、という。そして一週間後、見事に、私の描いた図面ほぼそのままの、正式なプランが出来上がっていた。

資金計画も含め数回の打ち合わせのあと、私は土地を買い、家を建てる契約を結んだ。

季節は秋から冬に変わるころ。お正月も、もうすぐだ。

10

サンフラワーで迎える初めてのお正月。

兄の家族は、子供たちが二人とも受験ということで、兄だけが大阪にやってきた。

元旦には、父と母、兄と私、四人で、サンフラワーのお正月料理と、私が作って持ち込んだおせち料理を囲んだ。


家のことを兄にも詳しく話した。家はすでに基礎工事が終わっていた。実際に入居できるのは夏ごろになる。資金としては、考えた末、福島のマンションを手放さずにローンを組むことにした。金利も安いし、住宅ローン控除を受けることもできるから。

福島のマンションを手放さずに済むなら、週末だけ新しい家を使うことも考えたけど、二重生活になると不経済だし、部屋が空くなら貸してほしいと言ってくれている親しい後輩がいるので、その後輩に貸そうと思っていることなども、父と母にも話をした。

話が済むと、父が言った。

「ワシのマンションは、売る。もう誰も、住むこともない。カネに換える」

あれ、お金のことは大丈夫だって、もうわかってくれてるんじゃないの？　と、思った。

「結子の家が出来たら、ワシのマンションの家財道具を使うたらええ」

「いや、福島のマンションのもの、持ってくるもん」

「ほうか。なら、要るもんだけ使うたらええ。要らんもんは、誰かにやったらええ。ワシが要るもんは、もう、ここに持ってきてある。とにかく、マンションはカネに換える」

確かに父は、例の大学病院への一泊入院のあと、マンションからいろいろなものをサンフラワーに持ってこさせた。自室に飾っていた絵や、たくさんの写真や、本も。

でも、母は、洋服などもまだたくさんマンションに置いている。家具だって、たくさんある。誰かが貰ってくれることも、そんなにないだろうけどなぁ。

父は譲らなかった。そして、兄に、マンションを売るように頼み、兄もそれを引き受けたのだった。

家の工事が始まると、父は、車椅子でその様子を見に出かけることを日課とした。母が車椅子を押し、大工の棟梁に缶コーヒーを差し入れ、何を話すでもなく右手を挙げてよろしく、と頭を軽く下げて挨拶をし、分譲地の周りをぐるりと回って、帰ってくる。

このころになると、父と母は、サンフラワーでの生活にもすっかり慣れていた。そしてそれは、刺激のない日々だった。そんな二人にとって、少しずつ出来ていく家の様子を見ることは楽しみだったに違いない。

もちろん、私にとっても、新しい家の細かいあれこれを一つずつ決めていくことはとても楽しい作業だった。内装や、設備のひとつひとつ。すべて、私の思い通りのものを選んでいった。


春。

父が喜んだイベントの一つに、大相撲の関取衆の訪問があった。大阪場所が行われる前の三月初旬に、力士が数名、サンフラワーを訪問するのだ。

大きな力士を見上げて、身体に触らせてもらって、父は、力士たちに、何を話したのだろうか。

「ええ身体しとるなぁ、ええなあ。春場所、がんばりや。

ワシはなぁ、何回も、相撲、見に行ったんやで。大相撲は、きれいやしな。よかったわ。

けどな、もう、行かれへん。こんなになってしもうたからな。でも、テレビで応援しといたる。せやから、がんばりや」

きっと、話すうちに、笑顔が、涙でくしゃくしゃになったに違いない。

そのころ、父と母のマンションは、角部屋だったことも幸いしてか、それほど苦労することなく買い手が見つかった。私の新しい家が出来るのが七月末。そのあとにマンションにある家財道具の処分をすっかり済ませることを考えると、マンションの引き渡しは八月中に、ということになった。

母と私は時間があるときに、ぼつぼつと実家のマンションの荷物の整理をするようになった。父のものも含めて、たくさんの洋服や靴。食器や花瓶などのこまごまとしたもの。一戸建てから引っ越したときに、かなりのものを処分したはずなのに、雑多なものがいくらでも出てくる。母は、あれもこれも、ため息をつきながら、

「あんた、これ、使わへん？」

と聞く。でも私は、ほとんど、首を縦に振らない。母は疲れた顔で、

「兄ちゃんとこは使わへんやろか、どうやろ？」

「そうやなぁ、聞いてみたら？」

私はそう言うのが精いっぱいだ。


権さんと美代子さんの娘がサンフラワーの前に家を建てていることは、サンフラワーの中でもすぐに広まった。

まぁ、毎日二人で工事の様子を見に行くのだから、当たり前といえば当たり前だ。

「娘さんがこんな近くに来てくれはったら、そら、安心やねぇ」

「ええ？　お父さんがお金出しはったんと違うの？　それは娘さん、甲斐性あるなぁ、たいしたもんやなぁ」


私にとっては、二回目の、大きな買い物だ。

福島のマンションを買うことになったとき、父は、落ち着いたらどうや、という言い方をしていたけど、本当は住まいのことではなく、誰かと一緒になることを願っていたのではないか。そんな思いも、ずっと私の心の中にあった。

何かにつけ、母も、お父さんはあんたのこと、ずっと心配してるねんで、と言っていた。


確かにそうだった。いつだったか、私が東京に出張した帰り、台風で新幹線が途中で止まってしまったことがあった。三島の駅で、雨風が弱まるのを待つことになり、結局東京から新大阪まで、八時間もかかったのだ。

新幹線は駅に止まっていて、駅ホームに出入りもできたので、それほどストレスはなかった。状況を実家に電話すると、母は、

「そうなんや。まぁ、あんたのことやから大丈夫やと思てる」

と、あっさりしたものだった。でも、父は、電話に出るなり、

「食べるもんはあるんか？　おなかすいてへんか？　怖いことないか、大丈夫か？」

と、心底、心配してくれたっけ。

思い切って、父に聞いてみた。

「お父さん、結子のこと、心配してる？」

すると父は、

「何を、今さら」

鼻で笑って、そう言った。

そっか、そっか。

私のことも、もう心配はないのかな。

マンションも売れたし、結子が近くに来るし。

少しは親孝行できてるかな。


引っ越しの日がやってきた。

実家の整理と並行して、福島のマンションからの引っ越しの準備もすすめていた。

後に住んでくれる後輩は、置いていけるものなんでも置いて行ってくださいねと言ってくれたので、処分するものはほとんどなかった。古くて小さな冷蔵庫も、カーテンも、エアコンも、照明も、そのまま使ってもらうことになっていた。

実家のマンションのものは、父が知り合いに特別注文で作ってもらった一枚板のテレビ台と、父が使っていた机を新しい家でも使うことにした。父の机はちょっと悩んだけど、私は机を持っていなかったし、またいつか、邪魔になったら処分したらいいか、くらいの気持ちだった。あと、運ぶものは、布団をひと組、少しの食器と花瓶、クローゼットに収納できるだけの母の洋服や靴。そして、小さな、お仏壇。

そのほかの大きなもの、例えば、リビングのテーブルセットやソファー、大きなテレビなどは、案外貰ってくれる人がいて助かった。

当日はとても暑い日で、福島のマンションの荷物を下ろす最中にエレベーターがオーバーヒートして止まってしまうという予想外のトラブルがあったけど、まあ、なんとか夕方には荷物の搬入が終わった。ひとりで片づけを奮闘しているところに父と母が様子を見にやってきた。

車椅子の父も、スムーズに家の中にアプローチできる。エレベーターも初めて使って、二階の様子も一通り見て回った。

「まあまあや」

ええ家や、という代わりの、父なりのコメントだ。


「お前、今日はここで寝るねんな？　メシは？」

そんなふうにごはんの心配をしてくれるのも、父らしい。

「弁当でも買うて来たろか？」

父が自分で買ってくるのではなく、母に買って来させるのだけど。

「ううん、大丈夫、冷蔵庫に入ってたもんもそのまま持ってきてるし、さっきちょっとコンビニにも行ってきたし、なんなと、ある」

「ほうか」

「お仏壇は、ここに置く予定。明日、結子の車で運んで来ようと思うけど、それでいい？」

本当ならちゃんとお経をあげてもらってから運ばないといけないんだろうけど。

父は黙って頷き、安心した様子で、サンフラワーに帰っていった。

引っ越した後も、忙しかった。

福島のマンションの掃除と引き渡し。役所への届け。様々な住所変更の手続き。

お盆休みには兄も来てくれて、父と母のマンションの片づけを一緒にした。

大量の本は、買い取り業者を呼んで、すっかり引き取ってもらった。要るものが残っていないか念入りに確認して、最終的には不用品を処分してくれる業者に任せた。

兄ちゃん使わへんかな、と母が残していた父の洋服やら、台所のこまごましたものなども、ほとんど処分することになった。

母は、そのあとすっかり空になった部屋を見て、ぽつりと言った。

「お父さんと私の家、無くなってしもた」

泣きながら、笑顔を作ろうと一生懸命な母の肩を、兄ちゃんが、ぽんぽん、と優しく叩いている。

11

引っ越しが終わって、私の、新しい家での暮らしが始まった。

通勤に時間がかかるようになったのは辛いけど、毎日、サンフラワーに寄れるようになった。

仕事が終わって、駅から自転車を飛ばして、サンフラワーに行く。夜八時ごろなので、父は寝るための準備をしていることが多い。パジャマに着替えさせてもらって、夜の薬を飲んで、横になる。落ち着いたら、母と二人で父におやすみを言って、電気を消す。そのあと、母の部屋でひとしきり今日の出来事を聞く。時には何か買って帰って、母の部屋で夕食を食べることもあった。

もっと遅い時間だと、すでに父は部屋を暗くして寝ている。そっと様子を見てから、母の部屋に行って話をする。

父と母を新しい家に呼んで食事もした。スタッフの上野君に付き添ってもらって、一緒に。

上野君が一緒なら、お肉にしようか。サンフラワーではなかなか食べられない鍋がいいかな。すき焼きか、しゃぶしゃぶか、どっちがいい？　と尋ねると、父はしゃぶしゃぶがいいと言う。

父は上野君が美味しそうにたくさん食べるのを嬉しそうに見ながら、自分ではほとんど食べなかった。小さいお肉を、ほんの一口、二口も食べただろうか。

二階のトイレが車椅子でも問題なく使えることを確認し、そのあとはみんながまだ食事しているのを、ソファーに横になって眺めながらうとうとし、目が覚めると、帰ろう、と言って帰っていった。そしてそれ以降、父は、私がどう誘っても家に来ることはなかった。

そのころから、父は、食事をあまり摂らなくなった。リハビリの意欲もなくなり、車椅子での散歩もあまりせず、ほとんどベッドの上で過ごすようになっていた。渡瀬先生のリハビリも、お断りするようになって久しい。

父は筆まめな人で、サンフラワーに来てからも、動く右手を使って、絵葉書や手紙をよく書いていたが、それも少なくなった。一生懸命書く字も解読不能な部分が増えて、せっかく葉書をいただいたけど、読めなくて、という電話が母に掛かってきたりした。

私は、動かさないと筋力が衰えることはよく理解していたが、筋力が衰えるというのは、足腰や体を支える筋力だけではなく、声を出す力、ものを飲み込む力、排泄する力、呼吸する力、すべての筋力が衰えるということを、知った。

父は、食欲もどんどん落ちて、食べながらむせてしまうことも増えた。

サンフラワーで出される食事はもう、ほとんど食べない。

おかずは、出されるものは、本当に何も食べないので、母が廊下の脇にある小さい炊事場で、父が好きな甘い炒り卵や、柔らかい上等な牛肉のしぐれ煮などを作るようになった。

それでも、それらをほんの一口、食べるかどうか。ごはんはやわらかく炊いてもらい、ほんの小さい、ひとくちで食べられるおにぎりにしてもらっていた。そのおにぎりに、海苔の佃煮、瓶詰の雲丹、柔らかくて甘い梅干しなどをのせて、海苔を巻いて二つほど。

食事をあまり摂らなくなってから、父のカロリー源になっていたのは、アイスクリームと、飴だ。

飴は、例のミルクの飴。父は長いこと、タバコを吸っていたので、口さみしいのもあるのか、多い時には一日に一袋くらい食べていたかもしれない。片手でもいつでも食べられるように、個包装の袋をハサミで切ったものを二つほど、いつもパジャマやシャツの胸のポケットに入れていた。

食べないことを心配した母は、脱水症状が起きないように、そして、栄養補給のために、点滴をしてほしいと医者に頼んだ。しかし、だんだん血管に針が入らなくなった。何よりも、体がそれを受け付けないのか、寝ているときに下になる部分がひどくむくんでしまうようになり、効果があるとは思えなかった。

感情のコントロールも、より、難しくなっていた。もどかしい思いを、スタッフや母にぶつけることも増えたし、涙を見せることも増えていた。

その年の、十一月、私の誕生日。

「おまえの誕生日やのに、ワシは、何にもしてやられへん」

そう言って、父は泣いた。

「そんなことないよ、おめでとうって、言うてくれてるやん」

「ワシはもう、何もできひん」

「お父さん、何もできひんでもいいねんで。いてくれるだけで、いいねんで。結子も、お母さんも、お父さんのこと大好きやから、お父さんがいてくれるだけで、いいねん」

父は、ありがとう、ありがとう、と、おいおい泣いた。

父のすっかり細くなった手をさすり、肩をさすって、私も泣いた。

父が元気だったころは、クリスマスも、忘年会も、よく三人で美味しいものを食べに出かけた。文七さんのてっちりや、クエ鍋。そのほかにも何軒か父の行きつけがあって、よく御馳走してもらった。

クリスマスには三人でそれぞれ、プレゼントの交換をした。

事前に何がいいか聞かずに、それぞれに思いを巡らせて何がいいかを考えて、プレゼントを用意する。

母には、セーターやマフラーなど、身に着けるものを贈ることが多かった。母の洋服の好みはだいたいわかっているので、私の選ぶものを母はとても喜んでくれた。

一方、父へのプレゼントはとても難しい。

筆まめな父に、父の写真をデザインした切手を注文してプレゼントにしたり（郵政省はオリジナル切手作成のサービスをしていた）、父の趣味に合いそうな雑誌を一年分送ったり。薄くなってきた頭が寒かろうと手編みの帽子を編んでみたり。

楽しかったな、クリスマス。

今年のクリスマス、お父さん、うちに来ないかな。少しだけでも、クリスマスできないかな。


父に話してみると、母に、お前だけ行ってこい、という。

「お父さんは？」

母が誘っても、

「もうしんどい。おまえだけ、行ってこい」

そうかぁ。まぁ、お母さんもたまには息抜き要るかな。

サンフラワーのスタッフとも相談して、父がごはんを済ませてから、母と家でクリスマスをすることにした。

母が好きなローストビーフを久しぶりに作った。少しお酒も用意して、クリスマスケーキも。

母もゆっくりくつろいで、久しぶりにいろんな話をした。そうして、二時間ほど過ごしたころ。サンフラワーの上野君から電話が掛かってきた。

「権さんが怒ってはって。もう、僕らの手に負えへんねん。すんません、美代子さん、戻ってきてもらえませんか?」

二人で父のもとに急いだ。


「おまえら、ワシのことほっといて、いつまで何してるんや!」

父は、手あたり次第にものを投げ、止めようとする母の髪の毛をつかんで怒った。

「お父さん、行ってきたらいいって言うてくれたやん。お母さんとクリスマスして来い、って、言うてくれたやん」

「おまえら、もう、ワシがおらんようになったらええと思てるんや!」

母は、ひたすら謝って謝って、なだめて、赤ちゃんをあやすように、父に話しかける。

「ごめんごめん、悪かった。私らが、悪かったな。

ごめんな、お父さん、もう、ずっとそばにおるから、怒らんといてな」

父はやっと落ち着いたかと思うと、疲れたのか、眠ってしまった。

母がぽつりと言った。

「お父さん、寂しかったんやな」

「うん。お正月は、ずっとお父さんのそばにいてあげよな」


父は、気持ちのままに、泣き、笑い、怒る。

理屈ではなく、自分の思いを体中で表現して、何が大切なのかを教えてくれる。


サンフラワーで迎える二回目のお正月には、兄も、家族みんなで来てくれた。

父と母にとっては、二年ぶりに会う、孫だ。母は用意したお年玉を渡しながら、大きくなったねぇと目を細める。母はいつもよりおしゃれをして、首もとにはスカーフなんか巻いている。

サンフラワーのお正月の特別料理と、私の作ったおせち。

岡多さんが、父、母、兄家族四人、私の七人が一緒に囲めるような場所を父の部屋のすぐ近くに用意してくれた。それでも父はベッドから車椅子に移るのがしんどいといって、部屋から出ようとしない。誰かが父のそばにいて、父からもみんなの様子を見ることができるようにして、特別料理をいただいた。

スタッフが扮した獅子舞と、振舞い酒を持った岡多さんがフロアを回ってきた。獅子舞の頭に入っているのは上野君。それを見た父は頬をほころばせて笑った。上野君の獅子が、大きな口を開けて父の頭を噛もうとすると、父も口を大きく開けて喜んだ。

楽しいお正月。みんな来たよ。

一緒にいるよ。お父さん。

12

お正月を過ぎると、父は、うとうとと眠ることが多くなり、今までよりもさらに食べなくなった。アイスも飴も欲しがることが減った。

でも、このまま、こんな時間がずっと続くのかと思っていた。

そんなある日。仕事中に、携帯が鳴った。サンフラワーからだ。それも、スタッフではなく、看護師からの電話だった。

父が誤嚥を起こしたという。これまでにも誤嚥をすることはあったが、こんなふうに連絡を受けるのは初めてで、事態は穏やかではないのだと思った。

「一段階、状態が悪くなったと理解してよいですか？」

「そうです。できるだけ早く、こちらにお越しになってください」

「わかりました。兄にも私から連絡します。できるだけ早く、そちらに向かいます」

すぐ、兄に電話した。看護師とのやり取りをそのまま伝え、とにかく様子がわかったらもう一度連絡すると言って、会社を出た。


サンフラワーに着くと、父は、鼻から酸素を入れてもらって目を閉じていた。声をかけると、目を開けるが、返事をしない。母は落ち着いていたが、なんだか、状況をよくわかっていないようだった。

「すぐにどうこうということはないかもしれないけど、一段階、悪くなった、ってことみたい」

「ええ？　そうなん？」


サンフラワーの医師には、ずっと前から、延命のための無理な治療はしないでほしいと伝えていた。そして、最期の時も、病院には搬送せず、ここで看取ってもらいたいと。それは、誰よりも、父本人の希望だった。

私も母も、父の言う通りでいいと思っていた。でも、実際にその時が、今、来たのだということを、なかなか実感できなかった。


医師から、説明があった。

父はおそらく誤嚥性肺炎を起こしていること。全身状態が極めて悪く、積極的な治療をしても改善の見込みはおそらくないと思われること。

説明のあと、病院への搬送や、積極的な治療はしないということでよいですか、と、あらためて聞かれた。

母は、私の顔を見て、頷いた。

言葉には、しなかった。

お母さんも、それでいいんだよね。

私も、母に、頷いた。


兄ちゃんに電話した。もう、夜になっていた。

「そうか。わかった。先生には、苦痛だけは取ってもらうようにお願いしておいて。明日、そっちに行くから。とりあえず今週は仕事も段取り付けて、休めるようにしたから」


あくる日、兄ちゃんが来て、みんなで一緒に過ごした。

父は時折目を開けて、何か話しかけると頷いたり首を振ったりする。

痰が絡んで呼吸が苦しくなると吸引してもらうのだが、それは本当に辛そうだ。

何か言いたそうにしているので、よくよく唇の動きから判読すると、

「な ん で お ま え ら お る ね ん」

「お父さん具合悪いって聞いて、心配してそばにおるねん」

「し ご と は」

「大丈夫、ちゃんと、任せてあるから」

何度か、目を開けるたびに、そんなやり取りを繰り返した。

何か食べたいものがあるかと聞くと、桃が食べたいという。

今は冬。父の好きな桃は、ない。

桃の缶詰を買ってきて、細かく細かく刻んでペーストのようにして、スプーンでほんの少し、口を湿らせるようにすると、首を振る。

ごめんね、お父さんの好きな桃は、今、ないんだよ。


父の弟も来てくれた。

父の寝ている横で、母、兄ちゃん、私の三人で、叔父から、父の小さかったころの話をたくさん、たくさん、聞いた。


父はずっと眠っている。

父もきっと、みんながそばにいることがわかっていて、みんなの声を聴いて、安心して、眠っている。穏やかな時間が、長く、長く、続いた。

これまでお世話になったスタッフが、父の顔を見に来てくれた。みんな、口には出さないが、お別れの挨拶をしてくれている。父の手を取って、さすって、名前を呼んでくれる。


長い、穏やかな時間が過ぎて行った。

だんだんと、父は、何にも反応しなくなった。

すー、すー、と、息に合わせて、薄くなった胸が上下する。それが、時々、止まりかける。

「お父さん、お父さん、」

呼ぶと、また、息が戻ってくる。そんなことを、何度かくり返して、とうとう、本当に、父の息が止まった。


ろうそくの炎は、ろうがなくなると、だんだんと小さくなって、小さくなって、ほんとうに小さくなって、それが音もなく、ぽっと、消える。そんなふうに、父は息をひきとった。

母と、私と、兄ちゃんの三人に囲まれて、穏やかな、穏やかな、最期だった。

13

そのあとのことは、あまり覚えていない。

私はずっと父のそばにいた。

父が亡くなった後、非番だったのに、岡多さん、上野君、生野さんの三人が来てくれて、みんなで泣きながら、父の体をきれいにしてくれた。

そのあと、父を、新しい家に連れて帰った。サンフラワーの玄関にはたくさんのスタッフや入居している人たちが集まって、父を見送ってくれた。

母が皆さんに挨拶をした。びっくりするくらい、ちゃんと挨拶をした。サンフラワーで、父も自分も、幸せだったことを語り、皆さんへのお礼をしっかりと伝えた。

新しい家のリビングに布団を敷いて父を迎え、一晩過ごした。

文七の大将と奥さんが、店を終えてから、遅い時間に来てくれた。大将は父の顔を見て、ぽろぽろ、ぽろぽろと涙をこぼし、長いこと動かなかった。

近くの会館でお通夜とお葬式をした。そんな手配は、兄ちゃんが全部やってくれた。

遺影には、母と一緒にサンフラワーの前で撮った写真を選んだ。新しい家の工事の様子を見がてら、三人で、車椅子で散歩したとき、私が撮った写真だった。

お通夜にもお葬式にも、たくさんの人が来てくれたが、何よりもびっくりしたのは、兄ちゃんの仕事関係の人たちからの、本当にたくさんの、供花の数だった。

「おまえ、ちゃんと仕事してたんやな」

父が笑っている気がした。

お通夜もお葬式も、雪が舞うような、寒い寒い日だった。

出棺の前、最期のお別れのときに、私はしゃがみこんで、棺の中の父の顔をそっと撫でた。司会の人が、御親族のみなさんは交代でお別れをなさってくださいとマイクで言ったが、兄ちゃんが、お前はずっとそこにおり、と言ってくれた。長いことしゃがんで足が痺れて立てなくなって、兄ちゃんに手を引っ張ってもらって、立ち上がった。

焼き場に向かうとき、私は父の遺影を胸に抱えていた。

そして、焼き場から帰ってくるときには、まだあたたかい父のお骨を胸に抱いていた。

実家から持ってきたリビングの大きなテレビ台が、父のお骨を安置する祭壇になった。たくさんの花に囲まれて、遺影の父は笑っている。

みんなが帰ったあと、母が、ぽつんと、言った。

「お父さん、ここにおるんやから、私もここにおる」

そうやんな。

お父さんは、ここにいる。

お母さん、ここで、一緒に暮らそう。


父が倒れてから、ずっと一緒にいた。

宇治の病院に二人で行くとき、車の中で、ああこれがお父さんも一緒の楽しいドライブやったらいいのになぁ、と、何度言ったことだろう。

毎日仕事が終わってサンフラワーに寄って、お父さんにおやすみを言って、お母さんの部屋でいつも話したよね。

髪の毛をつかんで怒るお父さんを、赤ん坊のようになだめ、抱きしめた、あのクリスマスの夜も。

お父さんは、お母さんと結子がいて、きっと、幸せだったよね。


母と私の、ふたりの暮らしが始まる。

いつだったか、聞いたっけ。

「お父さん、結子のこと、心配してる?」

父は、

「何を、今さら」

鼻で笑って、そう言った。

ありがとう、お父さん。ずっとずっと、今まで、ありがとう。

そして、これからも、見ててね。心配しててね。

いつか、結子もそっちに行って、お父さんとまた会ったときに、

「結子、よう、頑張ったな、ようやったな」

お父さんに、そう言ってもらえるように、結子はもうちょっと、頑張ってみる。

小さくなった母を見ながら、そう思った。

エピローグ

今、私は、大阪を離れて暮らしている。

母との暮らしを二年したあと、私は、私が選んだ人と家族になるために、仕事を辞め、母と離れて、新しい土地で暮らし始めた。

母は、私の背中を押し、私を見守ってくれている。私が建てたあの家で、父と一緒に、見守ってくれている。


家族には、二通りある。

自分で選べない家族と、自分で選ぶ家族。

今、私は、誰に感謝すればよいのだろう。

著者プロフィール

工藤 由紀子（くどう ゆきこ）

1964年大阪府生まれ。

薬科大学卒業後、製薬会社に研究職として勤務。薬剤師、薬学博士。

後進の育成や専門職の人材開発に興味を持ち、勤務の傍ら大学院にて経営学を学ぶ。専門職大学院修士課程修了。

その後研究職を離れ、社内研修、キャリア開発などに携わる。

KAZOKU

2024年1月15日　初版第1刷発行

著　者　工藤 由紀子
発行者　瓜谷 綱延
発行所　株式会社文芸社
〒160-0022　東京都新宿区新宿1－10－1
電話　03-5369-3060（代表）
03-5369-2299（販売）

印刷所　株式会社フクイン

ISBN978-4-286-24889-9